티어문 제국 이야기

단두대에서 시작하는 황녀님의 전생 역전 스토리

TEARMOON
EMPIRE STORY
WRITTEN BY
NOZOMU MOCHITSUKI

모치츠키 노조무 지음
Glise 일러스트

14권 초판 한정
쇼트스토리 소책자

번외편 마식 (후이) 연애 상담, 루비 편

제국 사대귀족 중 하나, 레드문 가의 영애 루비 에트와 레드문.

훗날 흑월청의 정점까지 올라가게 되는 이 아가씨는 군사적 재능이 뛰어난 인물로 후세에 알려져 있다.

그것만이 아니라 그녀는 귀족 영애로서도 부족함 없는 능력을 지니고 있었다. 춤 실력은 황녀 미아만큼은 아니더라도 충분히 수준급. 대인 관계 및 소통력도 딱히 문제없음. 예법도 대귀족가의 영애로서 부끄럽지 않게 갖췄다.

밝고 쾌활한 성격에다 이성은 물론이요, 동성 아가씨들에게서도 동경의 눈길을 받는 일이 잦았다.

그런 그녀이지만…… 사실 의외로 순수한 친구는 얼마 없다.

더 따져보면 별을 지닌 공작가의 자제들은 전체적으로 친구가 많지 않다.

가문 간의 관계, 가문의 격, 정략, 모략, 타산, 계산 등등…….

신경 써야 하는 부분이 너무 많다. 그렇기에 주종도 동지도 아니고, 서로 이용하는 사이도 아니고, 그저 순수한 유대감으로 맺어진 친구는 찾아보기 힘들었다.

따라서 루비 에트와 레드문의 순수한 친구는 누구냐고 물었을 때 꼽을 수 있는 이름은 거의 유일했다.

휘 후이마── 기마왕국 불꽃 부족 족장의 동생이자 황녀 미아와도 절친한 사이인 그녀가 바로 루비의 가장 친한 친구이며, 어디에서도 이견이 나오지 않는 유일한 인물이었다.

이것은 그런 두 영애의 우정이 시작되는 이야기다.

그날 밤…… 루비는 어두운 기분을 달래기 위해 저택을 몰래 빠져나왔다.

가슴속에 응어리진, 뭐라 말할 수 없는 답답함을 말을 타며 풀어주기 위해서였다.

묘령의 아가씨가 아무도 대동하지 않고 한밤중에 외출이라니, 통상적으로는 허락되지 않는다. 하지만 황녀전속 근위대에 소속된 그녀에게 자택 경비의 빈틈을 발견하는 것쯤은 쉬운 일이다.

제도 루나티어 안이라면 치안도 좋고, 근위대의 승마 연습장이라면 별문제 없을 것이라는 판단이었다.

대귀족가의 영애에 걸맞은, 참으로 마이 퍼스트한 행동이었다.

그렇게 애마 석토에 올라타 승마 연습장 안을 달리기를 잠시…….

"하아……."

애절한 한숨이 흘러나왔다.

그녀의 가슴 속, 버거운 감정이 깃들었던 그곳은 밤의 정적 속에서 융해되어 사라져갔다.

"석토, 들어줘……. 나는 정말로 못난 녀석이야. 아아, 정말. 나는 왜 이렇게나 못난 걸까……."

그 푸념은 자신을 향한 것이었다.

미아의 배려로 황녀전속 근위대에 들어간 지도 제법 시간이 흘

렀다. 일은 순조로웠다. 바노스의 보좌로서도, 부대를 이끄는 자로서도 제법 괜찮게 일한다는 자각이 있다.

우수한 부대장으로서 행동하고 있으며, 바노스의 신뢰도 얻어냈다는 걸 실감할 수 있다. 아니, 실감은 하지만!

"내가 원하는 건 그의 보좌가 아닌데……."

이것이다!

모처럼 바노스와 가까워질 기회를 얻었는데…… 어느새 완전히 부대장의 거리감이 굳어지고 말았다. 루비는 우수한 나머지 그에게 의지할 필요도 없었고, 그저 담담하게 맡은 일을 수행하고 말았다.

중대한 대실수다!

결과적으로 지금 관계를 망가트리는 게 무서워져서 고백하러 가지 못한다는 진퇴양난에 빠지고 만 루비였다.

하지만 어쩔 수 없지 않은가. 바노스 옆에 있으면 그 왜, 가슴이 쿵쿵 크게 뛰니까.

고생했다는 말 한마디라도 들으면 이렇게…… 화아악! 하고 벅차오른다.

어쩔 수 없지 않은가!

그런 관계를 망가트리고 싶지 않은 건 당연하지 않은가!

그렇게 마음속으로 한바탕 소리친 뒤…….

"으으, 용기가 없는 내가 미워……."

풀이 죽어 중얼거렸다.

따그닥, 따그닥, 석토를 걷게 하며 루비의 푸념은 계속 이어졌다.

"레드문 가의 인간으로서 한심하기도 하지. 모처럼 미아 황녀 전하께서 배려해주셨는데…… 절호의 기회를 살리지 못했으면서 뭐가 무가 출신이라는 거냐……. 하지만 지금은 좋은 기회가 맞는지도 모르겠고, 아니, 그래도……."

그런 루비의 넋두리를 묵묵히 듣고 있는 건 레드문 가의 명마, 석토였다.

모처럼 달리러 왔으니까 더 신나게 달리고 싶다는 마음은 전혀, 조금도 드러내지 않고 그저 묵묵히 루비의 이야기를 듣고는 이히힝하며 투레질했다.

월토마 중의 월토마, 석토는 귀공자이자 신사다. 고민하는 주인의 이야기를 가만히 들어줄 정도로 도량이 있다.

"음, 달밤에 말을 타러 오다니 제법 풍류를 아는군."

그때였다. 불쑥 말을 거는 사람이 있었다.

순간 허리에 찬 검으로 손을 가져가 경계하는 루비였지만, 눈앞에 나타난 이는…….

"불꽃 부족의 공주…… 후이마 님인가."

고고한 월토마 형뢰를 데리고 있는 휘 후이마의 모습이었다.

그녀는 쓴웃음을 지으며 다가오더니…….

"나는 확실히 족장의 동생이지만…… 공주라고 불리는 건 조금 간지럽군."

"이런 시각에 말을 타러 오다니, 역시 기마왕국민답다고 해야 하나."

루비는 일단 말에서 내려 걸어갔다. 그러자 어째서인지 후이마는 이쪽을 빤히 바라보고 있었다. 그 시선을 받고 루비는 조금 자세를 바로잡았다.

"아니, 음, 미안하다. 다소 예의가 부족한 태도였을지도 모르겠군. 은혜를 입은 상대인데, 면목이 없다."

후이마는 루비가 원치 않는 약혼을 회피하기 위해 협력해준 사람이었다.

환경을 조성한 건 미아였지만, 후이마가 힐데브란트에게 이기지 못했다면 미아의 책략은 성립되지 않았다. 그렇게 큰 은혜를 입은 상대에게 예의에 맞지 않는 태도를 보이고 말았다는 사실에 루비는 한층 더 자기혐오에 빠질 뻔했으나…….

"음? 예의가 부족했나? 제국 귀족의 예법에 대해서는 그리 잘 아는 게 아니라서 모르겠지만……. 게다가 은혜고 뭐고, 그건 친구 미아의 부탁을 받아 기마왕국의 힘을 보여준 것뿐이다. 좋은 기회를 얻었지."

후이마는 석토에게 힐끗 시선을 보냈다.

"게다가 좋은 말과 속도를 겨루는 건 나에게도 즐거움이지. 언제든 대환영이다."

씩 웃는 후이마를 향해 석토가 큰 영광이라는 양 울음소리를 흘렸다.

"아무래도 무례하게 응시하는 바람에 오해를 주고 만 모양이군. 나야말로 면목이 없다. 어쩐지 집중하지 못한 채 말을 타는 것처럼 보였기에 말이야."

후이마는 하늘을 올려다보았다.

"이렇게 달이 멋진 밤. 최고의 월토마를 타고 풍류의 극치를 누리고 있는데 즐겁지 않다……. 그렇다면 무언가 고민이 있는 게 아니냐는 생각이 들었다."

최고의 시추에이션에서 말을 타고 있는데 즐겁지 않다는 건 말이 안 된다. 그건 참으로 중대한 일. 마음에 무언가 문제가 있는 게 틀림없다!

참으로 기마왕국의 상식에 따라 사는 후이마다웠다. 반면 루비는 애처롭게 후우 한숨을 쉬었다.

"사실은, 그래……. 도저히 답이 나오지 않는 고민이 있거든……. 각오가 서지 않아서……."

"그런가……."

후이마는 찌푸린 얼굴로 팔짱을 끼고 깊이 고개를 끄덕였다.

"음! 그렇다면 말을 타는 건 좋은 선택이다. 마음이 가라앉았을 때야말로 말에 타야지."

고개를 끄덕끄덕 주억거린 뒤 말을 이었다.

"말은 참 좋지! 우리의 고민 같은 걸 전부 날려버려 주니까!"

주먹을 불끈 쥐고 역설하는 후이마. 루비는 쓰게 웃었다.

"그래, 당연히 그건 알고 있지. 여기에 와서 이렇게 답답함을 날려버리려고 하고 있으니까. 하지만…… 이 답답함을 날린다고 해결될 것 같지 않다고 해야 하나……."

그런 소리를 하는 자신이 싫어서 루비는 또다시 자기혐오에 빠졌다.

"결국 답답함이 사라진다고 잘 된다는 보장은 어디에도 없고……. 아니, 오히려 이 답답함을 안고 아무것도 하지 않는 게 좋을 것 같기도 해……. 지금도 그리 나쁘지 않은 것 같기도 하니까……. 으으."

"흠……. 그렇군……."

가만히 이야기를 듣고 있던 후이마는…….

"그렇다면 말을 타야겠군!"

그런 것보다 말 타자! 말! 같은 분위기인 후이마였다.

"말은 참 좋지. 우리가 망설일 때도 우선 말을 타면 먼 곳으로 데려가 주니까. 우리가 모르는 광경을 보여준다."

그렇게 말한 뒤 후이마는 문득 생각났다는 듯 덧붙였다.

"게다가 신의 뜻을 물을 때도 말은 의지가 되지."

"신의 뜻……?"

루비가 작게 갸웃거리자 후이마는 고개를 크게 끄덕였다.

"그래. 말 판결이라는 의식인데…… 미아 황녀에게 들어본 적은 없나?"

"아니, 못 들어봤는데……."

"미아 황녀는 우리 불꽃 일족의 문제를 해결하기 위해 기마왕국에서 말 판결을 치렀지. 직접 말에 타고……."

"아니……!"

경악하며 눈을 크게 뜨는 루비. 그 후 후이마에게서 들은 이야기에 저도 모르게 신음을 흘렸다.

"이럴 수가……. 미아 황녀 전하가 기마왕국의 기수와 경쟁을……."

"그래. 그 기수는 뭐, 나보다야 못하지만……. 그래도 기마왕국 백성에 부끄럽지 않은 실력을 지녔고, 게다가 그녀가 탄 월토마도 일류였지."

"그런데 황녀 전하께서 이기신 건가……."

"심지어 월토마가 아니라 제국의 말이었다. 그건 훌륭한 말 판결이었지……."

후이마는 퍼뜩 떠올랐다는 듯 손뼉을 쳤다.

"그래……. 기왕이면 지금 여기에서 해보는 건 어떨까?"

"뭐……?"

뜻밖의 제안에 루비는 눈을 깜빡였다.

"나의 형뢰와 너의 석토로 말 판결을 해보는 거다. 물론 정식 의식은 아니지만, 약식이어도 신의 뜻을 얻을 수 있다고 생각하는데……."

……참고로 단순히 석토와 한 번 더 승부하고 싶었던 것뿐……이라는 건 전혀 아니다.

단순히 후이마가 즐기고 싶었다거나, 형뢰의 빠르기를 자랑하고 싶었다…… 는 건 악질적인 가짜 뉴스라고 단언한다.

그런 후이마의 제안에 잠시 생각에 잠긴 루비였는데……

"그래. 잘 생각해 보면…… 내가 그 약혼을 거절할 수 있었던 건 후이마 님이 경주에서 승리했기 때문이지. 말하자면 그것도 말 판결의 결과라고 할 수 있나……. 게다가 미아 황녀 전하와 내가 세인트 노엘에서 치렀던 승마 대결도……. 생각해 보니 내 운명은 항상 승마와 함께했군."

루비는 조용히 고개를 들었다.

"그래. 말 판결을 부탁하지."

그 얼굴에는 자신만만한 미소가 번져 있었다.

그렇다……. 루비는 확실히 고백할 용기가 없는, 사랑에 빠진 소녀이지만…… 동시에 승마와 검술을 즐기는 레드문 공작 영애다.

게다가 루비는 후이마와 형뢰의 달리기에 흥미가 있었다. 지난 승마대회에서는 확실히 훌륭한 솜씨를 보여주었으나, 과연 석토가 그렇게까지 차이가 벌어질까?

미안하지만 힐데브란트의 실력 문제였던 게 아닐까. 그런 생각이 드는 루비였다.

석토는 자신이 더 오래 같이 지냈고, 이전에 미아와 승마 대결할 때 같이 특훈도 한 사이이기도 하다.

그렇다면 자신이 석토를 더 잘 탈 수 있을 터…….

그런 마음에 등을 떠밀리듯 루비는 승부를 받아들이기로 했다.

"좋아. 그렇다면 이 직선을 누가 먼저 달리는지로 간단한 말 판결을 해볼까…….”

후이마가 제안한 건 승마 연습장 구석에서 구석까지를 직선으로 달리는 코스였다. 이것이라면 기술의 차이는 거의 나오지 않을 것이다.

"부탁할게, 석토.”

자신이 모시는 주인 루비의 부탁에 월토마계의 귀공자, 석토는 우아한 투레질로 대답했다.

그렇게 석토와 형뢰, 두 마리는 일제히 달려나갔고…….

결과는── 놀랍게도!

……같은 일은 없이, 루비가 졌다. 당연했다.

"으, 으으…… 역시."

그 압도적인 차이에 루비는 할 말을 잃었다.

그것도 어쩔 수 없는 일이기는 했다.

후이마와 형뢰 콤비는 대단한 실력자다. 그야말로 기마왕국의 족장급 기수가 아니면 당해내지 못할 것이다.

설령 미아였다고 해도 후이마에게 이기는 건 불가능했으리라.

아니…… 뭐, 애초에 미아는 딱히 승마 명인인 것도 아니니까 미아를 끌고 올 필요는 전혀 없지만…….

아무튼…….

"이렇게 되면…… 이번 신의 뜻은 '아니오'라는 건가……. 즉 하늘은 내 사랑을 원하지 않으신다고……."

루비는 힘없이 쓰게 웃었다.

물론 이런 승마 대결로 무언가가 확실해진다고 생각하는 건 아니다.

이건 일종의 미신. 결국은 기분 문제에 불과하다……. 그렇게 자신을 다독여봐도 마음은 전혀 밝아지지 않았고…….

풀이 죽어 어깨를 떨구는 루비.

"가자, 석토……."

조금 울먹이는 목소리로 애마에게 지시를 내렸다. 그대로 말머리를 돌려 레드문 저택으로 돌아가려고 했는데…….

"무슨 맥 빠지는 소리를 하는 거지……?"

뒤에서 도발하는 목소리가 쫓아왔다. 느릿느릿 돌아본 루비의 시야에 팔짱을 끼고 등을 곧게 세운 후이마의 모습이 보였다.

"설마 이대로 돌아갈 생각은 아니겠지?"

"하지만 지금 이게 신의 뜻이잖아? 이미 답은 나온……."

루비의 말을 끊고 후이마가 기가 막힌다는 얼굴로 고개를 기울였다.

"뭐냐, 한 번 만에 포기해버릴 정도의 마음이었나?"

후이마의 발언에 루비는 말을 꾹 삼켰다.

"아니, 하지만 내가 원하는 결과가 나오지 않았으니까 다시 한다니……. 그렇게 꼴사납게 억지 부리는 짓을 할 수 있을 리가. 후이마 님에게도 자부심이 있잖아? 나에게도 그런 자부심이……."

"포기할 이유로 삼기 위한 자부심이라면 버려도 상관없다고 보는데."

그 말에 루비는 멍하니 입을 벌렸다.

"그래. 자부심 운운할 거라면, 예를 들어 이런 건 어떻지? 이번에 제시된 신의 뜻은 사실 네 마음이 얼마나 강한지 확인하기 위해서였다. 그렇게 생각할 수도 있잖나? 그렇다면 한 번 더 말 판결을 한다 해도 딱히 억지 부리는 건 아니지."

"아니…… 그렇게 마음대로 해석해도 괜찮은 거야……?"

"하하하. 처음부터 정식 말 판결도 아니니까. 또 하면 안 된다는 법도 없지. 무엇보다……."

후이마는 씩 웃으며 형뢰의 목덜미를 쓰다듬었다.

"나도, 내 애마 형뢰도 딱 좋게 몸이 달아오른 참이거든. 아직 한참 더 달리고 싶다. 석토도 아직 모자라지 않겠어?"

도발하는 듯한 후이마의 말에 석토가 높이 울었다.

"그래, 그렇지? 그렇다면 오늘 밤은 신의 뜻을 마음껏 확인해 보자고."

순간…… 이건…… 그냥 달리기 대결을 하고 싶은 것뿐인 게 아니냐는…… 의문이 든 루비였지만…… 바로 고개를 저었다.

그럴 리가 없다. 후이마는 분명 자신을 위해 협력해주는 게 틀림없다. …………아마도.

"그렇다면 호의를 받아들이지. 잘 부탁해."

루비는 깊이 머리를 숙였다.

그렇게 두 사람은 거듭 속도를 겨루었다. 하지만 결과는 매번 같았다.

후이마가 조종하는 형뢰는 몹시 우수한 준마였다. 승리하는 건 쉬운 일이 아니다.

몇 번이나 몇 번이나 꽁무니만 쫓아다녔고…… 루비는…… 점점 화가 났다.

중간까지는 비장한 각오로 임했었는데, 그건 그거다. 그녀는 본래 지는 걸 싫어하는 성미였다.

"한 번 더, 다음에야말로 지지 않아."

투지를 불태우며 그렇게 외치는 루비를 보고 후이마는 쓰게 웃었다.

"후후후, 그 마음가짐은 보기 좋지만 슬슬 석토가 한계 아닌가?"

그 말에 처음으로 눈치챘다.

그랬다. 달리는 건 자신이 아니라 석토였다.

명마, 월토마라고 해도 그 체력은 무한이 아니다. 피로가 쌓이면 다치기도 한다. 완전히 잊고 있던 사실을 떠올리고 반사적으로 석토의 목을 쓰다듬었다. 석토는 이 정도는 아무렇지도 않다는 듯 크게 울음소리를 냈다. 하지만······.

"말을 보는 눈은 아무래도 기마왕국 사람이 더 뛰어나겠지. 하지만······ 그래······. 그렇다면, 역시······."

그 순간 루비의 얼굴이 흐려졌다.

승부에 열중해서 잊고 있었지만, 애초에 이 달리기 승부는 루비의 연애를 점치기 위한 것이었다.

만약 이게 정말로 신의 뜻이 반영되는 거라면 루비의 연애는 절대, 무슨 일이 있어도 이뤄지지 않는다는 게 된다······.

"그러니 마지막으로 진짜 말 판결을 하기로 할까."

"어······? 진짜 말 판결······?"

멍하니 입을 벌린 루비를 향해 후이마는 당연하다는 듯 대답했다.

"그래. 지금까지는 뭐, 굳이 표현하라면 연습이지."

"여, 연습······?"

"단순히 내가 달리기를 즐기고 싶었던 것이기도 하고."

역시 그랬냐! 마음속으로 소리친 로비였지만······. 태클을 걸만큼 눈치 없는 짓도 하지 못하고······.

"그, 그래……. 즐거웠다면 다행이지만……. 그렇다면 다음이 진짜……. 진정한 의미에서 신의 뜻을 묻는 거구나……."

작게 중얼거렸다.

어느새 가슴에 맴돌던 답답함은 날아갔다. 지금이라면…… 이 마음을 고백할 수 있을지도 모른다.

——그래. 말 판결에서 만약 이긴다면…… 그때는…….

"또 표정이 무시무시해졌는데? 루비 에트와 레드문."

그 목소리에 루비는 후이마에게 시선을 던졌다. 후이마는 조용히 손가락을 하늘로 향했다. 그 손가락을 시선으로 따라가자, 그곳에는…….

"앗……."

하늘에서 찬란히 빛나는 둥근 달. 쏟아지는 달빛이 그녀들이 향해야 하는 골 지점을 똑바로 비추고 있었다.

"모처럼 좋은 밤이니까. 고요한 마음으로, 평온한 마음으로 신의 뜻을 여쭈어보자."

낭랑하게 고하는 그 목소리에 형뢰가 투레질로 대답했다.

한편 석토는 그저 조용히 아름다운 붉은 갈기를 나부끼며 그 순간을 기다릴 뿐.

"그럼…… 가자."

휘잉, 바람이 불고…… 그것이 멈춘 순간…… 두 마리의 말이 뛰쳐나갔다.

앞서간 건—— 석토였다!

그 폭발적인 스타트 대시는 여느 때의 우아한 석토가 아니었다. 폭주하는 말을 방불케 하는 그 거친 달리기는 과거의 라이벌, 황람과 비슷했다.

"석토, 그래! 가!"

루비는 목소리를 높여 열심히 석토의 움직임에 맞췄다.

바로 뒤에서 쫓아오는 발소리가 들린다.

거친 숨소리, 지금까지 몇 번이나 패배했던 형뢰의 호흡. 그게 확실히, 확실히 따라잡고 있다!

──추월당하면 지는 거야. 어떻게든 뿌리쳐야 해⋯⋯!

고개를 들어 골 지점을 노려보았다. 아직 멀다. 아득히 멀어 보인다!

"석토⋯⋯ 제발⋯⋯."

그녀답지 않게 힘이 없는 속삭임이 입에서 흘러나왔다.

주인의 그 간절한 기도가⋯⋯ 신사인 석토의 투지에 불을 붙였다.

형뢰가 따라잡으려고 한 바로 그때, 석토의 다리에 힘이 들어갔다.

쭉쭉 가속. 쌩 불어닥치는 바람에 석토의 붉은 갈기가 나부꼈다.

그것은 마치 한밤중에 잠깐 나타나는, 저녁놀이 지는 하늘처럼⋯⋯.

검은 어둠에 반짝이는 선명한 빨강. 그 아름다운 빨강에 루비가 무심코 넋을 놓아버린 다음 순간!

"앗⋯⋯."

루비를 태운 석토가 골 지점에 도착했다.

"어어…… 어?"

당황해서 옆을 보자 형뢰의 모습이 없다. ……그리고 뒤를 보자 조금 늦게 형뢰가 골 지점에 도착한 게 보였다.

——이긴…… 건가?

그 사실을 앞에 둔 루비는 기뻐하기 전에 당황하고 말았다.

"흠……. 아무래도 신의 뜻이 명확해진 모양이군."

루비에게 다가간 후이마는 이해했다는 얼굴로 고개를 주억거렸다. 그런 후이마를 보자 루비는 저도 모르게…….

"어…… 응? 서, 설마, 일부러……?"

그만 의심했는데…….

"그건 나와 형뢰에 대한 모욕이다. 우리 기마왕국의 백성은 승마에선 절대 봐주지 않아. 맹세코 일부러 진다는 건 존재할 수 없다."

후이마는 엄격한 어조로 말했다.

"그…… 래? 그건, 확실히 그럴지도 모르지만……. 하지만, 그래. 그쪽에는 딱히 아무것도 짊어진 게 없었지? 대등한 승부가 아니었다는 생각도……."

서로 무언가 소중한 것을 걸고 싸운 게 아니었다. 그래서 마지막 순간, 골을 앞에 두고 사력을 다하는 단계가 왔을 때 차이가 벌어진 게 아닌지 의심했다.

"그 이전에 몇 번이나 졌으면서 그건 아니지. 게다가 내 형뢰는 가벼울 때 더 빨라진다. 기수의 무거운 감정도, 사정도, 전부다…… 다 내려놓고 홀가분하게 탔을 때 더 달리기 좋은 건 생각해 볼 필요도 없는 일이지."

후이마는 석토에게 시선을 주었다.

"하지만 루비 공녀의 석토는 기수인 주인을 위해 힘을 다하는 신사인 거겠지……."

형뢰에서 내린 후이마는 석토에게 걸어와 그 목덜미를 쓰다듬었다.

"석토는 좋은 말이다. 내 형뢰에 견줄만한 명마지. 기수의 무게가 같다면 어느 쪽이 이겼을지 알 수 없어. 따라서…… 이 결과는 전혀 신기한 게 아니다."

"그런…… 가."

쭈뼛쭈뼛 고개를 끄덕이는 루비를 확인한 후이마가 말을 이었다.

"말은 우리를 저 앞으로 이끌어주지. 하지만 말을 탈지 말지는 인간인 우리가 정해야만 한다."

"음? 그건…… 무슨 의미지?"

후이마는 갸우뚱거리는 루비를 똑바로 바라보며 말했다.

"말이 이끌어주길 청한다고 해도 그것을 용기 있게 받아들일 수 있는지는 네게 달렸단 소리다. 얼마나 이해가 가는 이유를 얻는다 한들, 얼마나 믿을 수 있는 인물이 보장해준다 한들 변함없지. 최종적으로는 네가 정하고 행동하지 않으면 아무것도 시작하지 않아. 등자에 발을 넣고 고삐를 잡지 않으면…… 앞으로 갈 수 없지."

"모든 것은 나에게 달렸다……."

중얼거리는 루비를 향해 고개를 끄덕인 뒤 후이마는 다시 한번 석토의 목덜미를 쓰다듬었다.

"너를 위해 싸운 석토의 분투를 헛되이 하지 마라."

그런 후이마의 목소리에 대답하듯 석토가 푸르르 울음소리를 흘렸다.

그렇게……

그날 밤의 결심을 가슴에 품은 루비는 문제의 바노스에게 고백…… 하는 건 조금만 더 나중 일이지만…….

그래도 이 일이 루비에게 큰 용기를 주었다는 건 사실이었다.

또한 이 일을 계기로 이따금 후이마와 함께 말을 타고 바람을 쐬러 가게 된 루비는 승마 친구로서, 혹은 연애 상담자로서 후이마와 우정을 다지게 되었는데…….

이것 또한 여기서는 생략한다.

티어문 제국
이야기

꽃나비 미궁
~어머니와 자식~

달콤한 꽃향기가 상쾌한 바람을 타고 실려 온다.

뺨을 간질이는 바람이 너무도 기분 좋았기에 그녀의 표정이 살짝 풀어졌다.

자신을 향해 달려오는 어린 남동생의 넘어질 듯 위태로운 발걸음. 서둘러 달려갔지만 제대로 부축하지 못하고 함께 넘어졌다.

부드러운 들판, 흙과 풀과 꽃향기.

날아오르는 나비와 멀리 하늘을 나는 새들의 지저귐.

따뜻한 햇살과 사랑하는 어머니의 미소…….

그것은 패트리시아 클라우지우스에게 잊을 수 없는 풍경이었다.

제도 루나티어의 중심, 백월 궁전은 아름다운 성이었다.

이 나라의 정점인 황제 일족이 기거하는 곳이자, 호화의 극치를 달리는 그 아름다움은 성의 외관에만 해당하는 게 아니었다.

성안에 발을 들여놓은 자는 다들 그 아름다움에 숨을 삼키고는 '그래, 이것이 아름다운 백월의 궁전이구나……'라며 고개를 끄덕인다고 한다.

예를 들어 공중 정원. 성 옥상에 만들어진 정원으로, 미아가 좋아하는 다과 장소다. 그곳에서 먹으면 케이크가 더 맛있게 느껴진다…… 고 진지한 얼굴로 호언장담하는 미아였다.

혹은 대도서관과 인접한 열람실인 '월하실(月下室)'. 책이 상하지 않도록 빛을 조절해둔 그곳은 사색하기에 딱 좋은 환상적인 방이었다.

그리고 안뜰에 있는 '꽃나비 미궁'도 그런 명소 중 하나였다.

색색의 아름다운 꽃으로 치장된 미로. 꽃꿀에 유혹당한 나비들도 그 아름다움에 빠져든다는 우아한 미궁은 어린 시절의 미아가 자주 놀던 장소였다.

그런 꽃나비 미궁을 바라보며 벤치에 우두커니 앉은 소녀가 있었다.

살랑살랑 불어오는 산들바람에 백금색 머리카락이 흔들리는 소녀……. 그 사랑스러운 얼굴에 어떠한 감정도 실리지 않은 소녀, 패티는 말없이 꽃을 바라보고 있었다.

아니, 잘 보면 그 얼굴은 아주 조금…… 웃고 있었다. 어쩐지 조금 즐거워 보였다.

그랬다……. 뱀의 교육을 받고 다소 지식이 왜곡되긴 했지만, 기본적으로 패티는 꽃을 사랑하는 마음을 지닌 소녀였다. 버섯을 사랑하는 독특한 감성의 주인인 미아와 다르게 지극히 평범한 감수성을 지녔다.

미아처럼 '저 꽃꿀은 달콤하군요!'나 '저 꽃은 비상식량이 될 수 있겠어요!' 같은 미식적이자 생존 기술적 관점이 아니라 지극히! 멀쩡하게! 꽃을 사랑할 줄 아는 소녀였다.

따라서 이런 아름다운 장소에서 느긋하게 시간을 보내는 것도 사실 좋아했다.

꽃에서 풍기는 향기도, 한들한들 춤추는 나비도, 열매를 쪼아 먹으러 오는 귀여운 새도…… 패티에게는 마음이 아늑해지는 광경이었다.

"……옛날에 하네스랑, 엄마랑, 자주 놀러 갔었지……."

그것은 어머니, 동생, 패티 세 사람이 같이 살던 시절의 기억이었다.

집 뒤에 있는 작은 들판은 어린 패티와 하네스의 놀이터였다.

──엄마가 가르쳐준 화관을 둘이 함께 만들곤 했지…….

그걸 선물하면 어머니는 기뻐하며 웃었다.

고맙다면서…… 기뻐해 주었다.

가난하지만 무척 행복한 시간이었다.

이제 다시는 돌아오지 않는 시간이다.

"엄마……."

즐거운 기억만 떠오르는 건 아니었다.

어머니와 영원히 헤어지게 된 날. 그 또한 잊을 수 없는 기억이다.

"괜찮아, 괜찮단다. 패트리시아."

고통스러워하는 얼굴로 패티의 손을 꼭 붙잡는 어머니.

따뜻한 그 손…… 거기에 담긴 힘이 너무나 미약해서, 패티는 저도 모르게 눈물이 날 것 같았다. 하지만 어머니는 거듭 말했다.

"괜찮, 으니까……."

무엇이 괜찮은 건지 알 수 없었다.

사랑하는 어머니가 죽어버린다. ……그게 괜찮을 리가 없는데.

"괜찮아……. 네가 앞으로, 얼마나 나쁜 아이가 되어도, 어떤 어른이 된다고, 해도…… 어떤 때라도, 나는 너를…… 사랑하니까……. 그건, 앞으로도, 변하지 않으니까…… 그러니까."

패티가 과거에 잠겨 있던 그때였다.

"음……? 그대는……."

놀란 듯한 목소리……. 그쪽을 돌아보자 그곳에는 미아의 아버지, 황제 마티아스 루나 티어문이 서 있었다. 코 아래로 삐죽 기른 수염이 그 얼굴을 조금 웃긴 인상으로 만들어주었다.

패티는 재빨리 벤치에서 일어나 스커트 양옆을 살짝 잡았다.

──미아 언니의 아버지……. 이 나라의 황제라고 했는데, 정말일까…….

패티가 가진 정보 속 황제는 완전히 다른 사람이지만……. 그래도 예를 갖춰서 인사했다. 만약 미아가 뱀의 교사라면 이건 황제와 접촉할 때를 대비한 훈련일지도 모르기 때문이다.

"으음, 미아가 데려온 아이…… 패트리시아였던가……."

패티의 이름을 입에 담을 때 미묘한 표정을 짓는 황제(임시). 순간 의문을 느낀 패티였지만 바로 기억을 떠올렸다.

──그러고 보면 이 사람의 어머니 이름도 패트리시아였댔지…….

그렇다면 부르기 불편할 법도 하지만……. 그래도 자꾸 고개를 갸웃거리게 되었다.

──나는 아직 어린아이인데······.

눈앞의 황제(임시)는 일찍 죽은 패티의 아버지보다도 더 연상으로 보인다. 그런데 이름이 일치한 정도로 저런 표정을 지을까? 의문을 느꼈다.

──그런 심리도 이용해서 조종하는 게 뱀······ 이라고 할 것 같지만······.

시험 삼아 저 이해할 수 없는 심정을 분석해보기로 한 패티였는데.

"꽃을 보고 있었느냐?"

황제는 꽃나비 미궁을 바라보며 물었다.

"······네. 무척 아름다운 장소입니다."

패티는 순순히 대답했다.

이곳은 정말로 아름다운 장소였다. 종일 있고 싶은 수준이었다.

아니, 그건 그냥 아름답다는 이유만은 아니었다.

"게다가 무척 마음이 편안해집니다······."

"흠······. 그렇군."

그는 눈부신 것이라도 보는 것처럼 눈을 가늘게 뜨고 꽃나비 미궁을 바라보았다.

"폐하도 꽃을······?"

문득 물어보자 황제는 작게 고개를 저었다.

"아니, 그런 건 아니지만······."

황제가 패티에게 시선을 돌렸다. 어리둥절해서 고개를 기울인 패티를 본 황제는 흡족한 듯 웃고는······.

"그래⋯⋯. 모처럼이니 같이 미궁을 산책해주지 않으련? 작은 숙녀님."

패티는 그 제안에 눈을 깜빡였다.

살랑살랑 부드러운 바람이 불었다. 그런 바람에 유혹된 듯 화려한 나비가 꽃의 미궁에 들어왔다.

한들한들 춤추는 나비를 멍하니 눈으로 좇으며 황제, 마티아스는 기묘한 감회에 사로잡혀있었다.

앞에서 걷는 사람은 외동딸 미아가 데려온 소녀다.

딸보다 어린, 10살 남짓해 보이는 소녀. 어머니와 같은 패트리시아란 이름을 지닌 소녀에게 마티아스는 뭐라 말할 수 없는 친근감과 그리움을 느끼고 있었다.

──그 머리카락도 눈동자도 어마마마와 같은 색이라⋯⋯. 그렇기 때문인 걸까. 이 꽃나비 미궁에 함께 들어가고 싶다고 바란 까닭은⋯⋯. 신기하구나⋯⋯. 여기에는 미아는커녕 내 아내 아델라와도 함께 온 적이 없었거늘.

그 정도로 이 장소── 꽃나비 미궁은 그에겐 특별한 장소였다.

이곳은 마티아스와 어머니의 추억의 장소. 그가 어머니를 위해 만들었고 지켜온 장소였기 때문이다.

딱히 출입을 금지해둔 건 아니다. 다만 여기에는 아무튼 어머니와 같이 오고 싶었기에⋯⋯. 그래서 누군가와 함께 찾는 일은 이제 다시는 없으리라고 생각했다.

──정말이지 신기한 소녀구나. 미아의 말을 듣고 의식한 건

지, 아니면 이름이 어마마마와 같아서 그런 건지…….

"저기……? 폐하, 왜 그러십니까?"

어느새 패티가 의아한 얼굴로 바라보고 있었다.

"아니…… 그래, 저 나비는 분명…… 저녁햇살나비였던가."

마티아스는 앞쪽에 있는 꽃을 향해 살랑살랑 날아가는 나비를 가리키고 말했다. 그 말에 패티는 무언가 생각에 잠기듯 침묵했다가…… 바로,

"……저건 보름달나비입니다."

몹시 떨떠름한 얼굴로 정정했다.

아마도 정정하는 바람에 마티아스의 심기를 거스를지 모른다고 생각한 모양이었다.

실제로 이 말을 한 사람이 재상이었다면 화가 날 수도 있었겠지만…….

──신기하게도 불편한 기분이 안 드는군……. 흐음…….

마티아스는 작게 고개를 끄덕인 뒤 말했다.

"음. 그래, 저건 보름달나비였구나."

"네. 날개에 하얀 동그라미가 있는 게 저녁햇살나비고, 보름달나비는 검은 날개에 빨간 물방울무늬가 있는 게 특징입니다."

──그래. 어마마마도…… 그렇게 말씀하셨지…….

그때였다. 마티아스는 패티의 눈동자가 희미하게 흔들린 걸 알아차렸다. 표정에는 거의 드러나지 않지만, 이건 불안해하는 걸까.

──저런. 가만히 있었더니 내가 화가 났다고 착각했나…….

마티아스가 안심시켜주듯 자상하게 웃었다.

"보름달나비. 아…… 그래. 그러고 보면 그랬었지. 후후후, 그나저나 잘 기억하는구나. 차이는 알아도 이름은 잘 떠오르지 않아서 말이다."

옛날부터 그랬다. 나비의 이름은 어머니에게서도 배웠었는데…….

"이름이 왜 붙었는지 알면 의외로 기억하기 쉽다고 봅니다. 하얀 동그라미는 보름달이 생각나는 무늬니까 보름달나비. 검은 날개는 밤, 빨간 물방울무늬는 태양, 밤에 해가 빨갛게 빛나니까 저녁햇살나비인 거죠."

그래, 딱 이런 식으로……. 마티아스는 유쾌하다는 듯 웃음을 터트렸다.

"하하하, 정말 그대는 어마마마를 많이 닮았구나."

그렇게 말하며 패티의 머리에 다정하게 손을 올리고 찰랑찰랑한 머리카락을 쓰다듬었다.

"어마마마도 같은 말씀을 해주셨지. 잠들기 전에 많이 들려주셨다. 어마마마는 꽃도 나비도 좋아하는 분이셨거든……."

지금도 눈에 선히 떠오르는 광경이 있다.

마티아스의 어머니, 패트리시아 황후는 홀로 이 안뜰을 자주 찾았다.

그 무렵 여기는 아직 작은 화단이 있는 게 전부였다. 어머니는 틈만 나면 여기에 와서 꽃을 즐겼다.

"어마마마는 이 장소를 좋아하십니까?"

소년 시절의 마티아스는 그렇게 물어본 적이 있었다.

어머니는 표정이 희박한 얼굴로 그를 바라본 뒤 대답했다.

"이곳의 분위기는 어린 시절에 놀던 장소와 조금 닮았으니까."

그 후 그녀는 화단의 꽃에 살며시 손을 가져갔다.

"게다가 꽃은 좋지. 이 향기 속에 있으면 마음이 편안해져."

그 중얼거림은 평소 어머니에게서는 연상되지 않을 만큼 힘이 없는 느낌이었다.

이때까지 마티아스는 어머니의 마음을 잘 이해할 수 없었다.

어머니는 웃지 않는 사람이었다. 그래서 마티아스는 그녀의 심리를 잘 이해할 수 없었다. 그래서일까. 이때 어머니가 희미하게 지었던 쓸쓸한 얼굴이 마티아스에게는 무척 충격적이었다.

처음으로 어머니의 마음에 닿은 것 같았다.

그리고 맹렬하게…… 지켜야 한다는 마음이 들었다.

어머니도…… 어머니가 사랑한 이 화단도, 마음이 편안해진다고 말했던 이 장소도.

그래서 그는…………

느긋하게 꽃나비 미궁 안을 걸었다.

미궁이라고 해도 그리 어렵지는 않다. 몇 개의 갈림길을 지나가면 바로 중심부에 도착할 수 있다.

그리고 그곳에 있는 건…….

"저건…… 화단?"

패티는 무심코 고개를 갸웃거렸다.

미궁에 보호받듯 그 안쪽 깊은 곳에 숨겨져 있던 것은 아무런 특징도 없는 작은 화단이었기 때문이다.

황제의 어머니와는 전혀 어울리지 않는 소박한 화단이었다.

적당한 귀족 저택에 훨씬 훌륭한 화단이 있을 법한, 간소하고 조졸한 화단인데……. 심어둔 꽃도 들판에 피어있을 법한 이름 없는 꽃인데……. 하지만, 그렇지만…… 저건…………

"이 화단은 사실 내 어마마마께서 소중히 여기시던 화단이란다."

"선대 황후님께서요?"

"그래. 어마마마는 이 장소에 작은 화단을 두고 당신께서 가져오신 꽃을 키우셨지. 이 미궁은 화단을 지키기 위한 미궁이다."

그 설명을 들으며 패티는 화단 앞으로 걸어갔다.

그곳에서 흔들리는 하얀 꽃. 그건 틀림없이 그녀와 동생이 화관을 만들었던 꽃이었다.

사랑하는 어머니가 웃어주었던…… 그 꽃이었다.

"이 꽃은…… 선대 황후님과 폐하의 추억인 거군요……."

"후후후, 그래. 부끄러워서 미아에게도 말하지 않았으니 가능하다면 비밀로 해주려무나."

부끄럽다고…… 황제는 말했다. 하지만 패티는 그의 표정에서 마음을 읽어냈다.

──부끄러워서가 아니야. 소중한 기억이라서야……. 무엇과도 바꿀 수 없는 추억이니까…… 마음속에…… 아름다운 미궁 속 깊은 곳에 소중히 넣어두고 있는 거야.

그 마음은 패티도 잘 알 수 있었다.

마찬가지로 이 하얀 꽃에 어머니와의 추억이 있는 패티였기에……

"선대 황후님을 소중히 여기셨군요."

그 말은 아무런 계산도 타산도 없는, 솔직한 감상이었다.

"기뻐하셨습니까? 이렇게 멋진 장소로 만들어드렸으니……."

패티의 질문에 황제는 조용히 고개를 저었다.

"아니, 아쉽지만 어마마마께서는 이 미궁을 보지 못하셨지. 내가 이 장소를 떠올린 건…… 어마마마께서 돌아가신 뒤였으니."

황제는 괴로워하는 표정으로 말했다.

"이건…… 내 나름의 속죄다."

"……속죄?"

어리둥절해서 고개를 갸웃거린 패티에게 황제가 말했다.

"한때 나는 어마마마께 반항했던 적이 있었는데……."

패티의 뇌리에 뱀의 지식이 떠올랐다.

어린아이는 한때 부모에게 반항적인 태도를 보이기도 한다. 그건 독립하는 과정에서 중요한 심리 변화이므로…… 거기에 파고들어서 뒤틀어놓을 기회가 있다고…….

"지금 와 생각해 보면 아주 심한 말을 하고 말았지……. 결국 한 번도 그것을 사과하지 못했다."

그는 조용히 고개를 저으며 말을 이었다.

"그래도 아내와…… 아델라이드와 결혼한 뒤로는 그런 적이 없었는데……. 어느 날 심하게 싸웠다. 아델라가…… 아내가 병으로 쓰러져서, 나는…… 초조했지. 그래서…… 어마마마께 심한 말을 했어. 알면서도 말을 멈출 수 없었다. 그리고 사과하기 전에 어마마마께서 멀리 가 버리셨지…….”

그렇게 말하는 황제의 눈에 깃들어있는 건 틀림없는 후회였다.

“어마마마께서 나를 위해주셨다는 걸 깨달은 건 아이러니하게도 어마마마께서 돌아가신 뒤였다. 그 잔소리 하나하나의 의미를 이해할 수 있었던 건 어마마마도 아내도 떠나보낸 뒤였지.”

그는 화단으로 걸어갔다.

“이 화단을 떠올린 것도 그래. 이건 나 나름대로 어마마마께 바치는 속죄다. 나는…… 항상 다 늦은 뒤에야 알게 될 때가 많아서 말이지. 어마마마께서는 그것도 지적하셨는데…….”

무릎을 꿇고 화단에 핀 꽃에 살며시 손을 가져가더니…….

“물론 어마마마의 그 조언이 있었던 덕에 아내 아델라이드에게도, 딸 미아에게도 후회하지 않도록 대하고 있지만…….”

――아빠라는 호칭을 너무 강요하면 후회하게 될 듯한 느낌이 드는데…….

그런 생각을 한 패티이긴 했지만, 미아도 미아대로 그렇게까지 아버지를 싫어하는 건 아닌 것 같으니 입을 다물기로 했다.

“그래도 후회는 사라지지 않지. 이렇게 여기에 와서 화단 옆에서 어마마마의 모습을 찾아버릴 정도로는…….”

그 옆얼굴을 보고 있노라니…… 어째서일까, 패티는 도저히 가만히 있을 수가 없어서…….

“저기…….”

무심코 입을 열었다가 후회했다.

무슨 말을 할지 전혀 생각하지 않았다.

그저 황제의 이야기를 듣고, 동의하고, 조금 동정하는 모습을 보이고…… 그러면 되는 건데…….

어째서인지 냉정하게 대처할 수가 없었다.

패티는 열심히 머리를 쥐어짰다. 무슨 말을 건네야 할까.

뱀의 지식을 총동원…… 하려다가 말았다.

지금 입에 담을 건, 뱀의 지식으로 덧칠된 계산적인 말이 아니라…….

"……괜찮습니다."

그 작은 입에서 흘러나온 건…… 자신이 들었던 말이었다.

그날 이후 계속, 망가져 버릴 것 같은 마음을 지켜주었던 어머니의 말이었다.

"폐하의 어머님께서는…… 계속 폐하를 위하셨을 겁니다."

패티는 황제의 눈을 똑바로 바라보았다.

"폐하께서는 만약 미아 황녀 전하에게 싫다는 말을 들으면, 미아 황녀 전하가 싫어지시나요?"

"그럴 리가 없지 않으냐!"

마치 잡아먹을 듯한 기세로 돌아온 대답에 패티는 슬그머니 몸을 뒤로 물리면서 말을 이었다.

"폐하의 어머님, 선대 황후님께서도 분명 마찬가지일 겁니다……. 폐하를 계속 사랑하셨을 거예요. 폐하가 아무리 싫어하셨든, 반항하셨든, 계속 사랑하셨을 겁니다. 그러니까……."

손을 가슴에 올렸다가. 이어서 황제를 향해 천천히 뻗었다.

"폐하의 어머님께서는 계속 폐하를 생각하셨고……."

이번에는 내밀었던 손을 다시 가슴으로 되돌렸다.

"폐하께서도 지금은 어머님을 생각하시죠. 그렇다면 그건 서로를 생각한다는 겁니다. 부모와 자식의 마음이 이어졌다는 거니까……."

살며시 두 손을 가슴 앞에서 모아 잡은 패티가 기도하듯 말했다.

"그러니까 괜찮아요……."

『괜찮아……. 네가 앞으로, 얼마나 나쁜 아이가 되어도, 어떤 어른이 된다고, 해도…… 어떤 때라도, 나는 너를 사랑하니까……. 그건, 앞으로도, 변하지 않으니까…… 그러니까.』

어머니는 패티의 눈을 보며, 똑바로 응시하며, 웃는 얼굴로…….

『네가 나를 생각할 때는, 서로를 생각하는 게, 되잖아? 그때 나는, 천국에 있을지도 모르지만…… 장소는, 상관없어. 우리는, 그 마음은 이어져…… 있으니까. 그러니까 괜찮아. 잊지 마, 그것만큼은, 절대…….』

항상 어머니의 사랑과 이어져 있을 수 있다.

그것은 궤변이고, 이상적인 말이고, 분명 뱀에게는 어린아이를 적당히 달래는 말로 들릴지도 모르지만…….

패티에게는 뱀의 어떤 말보다 믿을 수 있는 말이었다.

"그…… 런가. 서로를 생각하고, 이어져 있을 수 있다고…….."

황제는 입속으로 곱씹듯이 중얼거린 뒤…….

"신기하구나……. 어쩐지 조금 마음이 편해진 것 같은 기분이 들어……."

그는 패티를 보고 말했다.

"고맙구나. 패트리시아."

패티는 무표정하게 고개를 끄덕였다.

"……다행입니다."

작게 고개를 끄덕인 뒤…… 아주 조금 민망함을 느꼈다.

평소 뱀의 지식입네, 마음을 조종하네, 계산입네 같은 생각을 하며 이야기했기에 진심에서 우러난 본심을 말해버린 게…… 그, 참으로, 간질간질했다!

따라서 화제를 바꾸고자 패티는 황제를 슬쩍 올려다보았다.

"그런데……."

"음?"

순간 물어보면 안 되는 건지도 모른단 생각이 들었지만…… 지금 분위기를 보면 괜찮다고 판단. 그래서…….

"어째서…… 선대 황후님과 싸우신 거죠?"

조금 과감한 질문을 던져보았다. 그러자.

"아…… 그래……. 계기는……."

과거를 떠올리듯 황제는 눈을 가늘게 떴다. 그러고는 무의식인 듯 웃음을 흘리더니…….

"그게…… 개를…… 기르고 싶어서……."

"개……?"

갸우뚱 머리를 기울이는 패티.

"그래, 개."

황제는 얼굴을 찌푸리며 고개를 끄덕였다.

"제국 귀족 일부에서 개를 키우는 게 유행하던 시기가 있었지. 개 중에서도 그린문 공작은 해외에서 들여온 개를 키운다면서…… 빵처럼 노릇한 색의 특이한 개였는데…… 참으로 귀여웠다!"

주먹을 불끈 쥐고 역설하는 황제. 그걸 본 패티는 고개를 끄덕였다.

──뭐, 개가 귀엽다는 건 인정하지만…….

"그걸 보았을 때 꼭 키우고 싶어졌거든. 그래서 어마마마께 상담했는데…… 아무리 부탁해도 들어주지 않으셨다. 새나 다른 동물에는 아무 말도 하지 않았는데 개만큼은 완강하셨지."

"어째서 개만……? 개를 싫어하셨나요?"

패티는 무심코 황제를 동정했다.

패티는 개를 아주 좋아한다. 옛날에는 집에서 키운 적도 있었기에 그 귀여움을 잘 알고 있다.

그렇다. 패티는 개가 귀엽다고 기뻐할 수 있는 상식적인 감수성을 지녔다.

토끼를 보고 배가 꼬르륵 우는 미아 같은 감수성과는 거리가 먼 사람이었다.

뭐, 아무튼…….

그래서 개를 싫어한다는 감각은 영 이해할 수 없었다. 물론 세상에는 그런 사람도 있다는 건 알지만…….

"아니, 그것이…… 어마마마는 딱히 개를 싫어하시는 건 아니

있어. 귀족들이 데려온 개를 보고 내심 기뻐하는 기색을 보이셨던 걸로 기억한다. 오히려 개를 좋아하는 편이었을 텐데……."

황제의 대답은 어쩐지 알쏭달쏭했다.

"개를 싫어하는 게 아닌데 키우는 건 반대……?"

"그래. 이상하지?"

패티는 자기도 모르게 팔짱을 끼고 생각에 잠겼다. 과연 그건 어떤 심리일까……. 뱀이 가르쳐준 지식을 총동원해서 생각해…… 봤지만.

——안 돼……. 전혀 모르겠어.

얼굴을 찌푸리고 진지하게 고찰하는 패티를 황제는 온화한 얼굴로 지켜보고 있었다.

평화로운 오후의 한때였다.

얼마 후…….

왜 개를 키우는 걸 허락하지 않은 건지…… 대충 사정을 눈치채버린 패티가 그녀치고는 대단히 드물게도 온몸을 비틀며 고통스러워했지만.

그건 조금 나중에 일어나는 이야기였다.

티어문 제국
이야기

Tearmoon Teikoku Monogatari 14~Dantoudai kara hazimaru hime no gyakuten
story~
by Nozomu Mochitsuki

Copyright © 2023 by Nozomu Mochitsuki
Original Japanese edition published by TO Books, Inc.
Korean translation rights arranged with TO Books, Inc.
Korean translation rights © 2024 by Somy Media, Inc.

티어문 제국 이야기 14 ~쇼트 스토리 소책자~

2024년 11월 15일 1판 1쇄 발행

저　　　　자	모치츠키 노조무
일 러 스 트	Gilse
옮 긴 이	현노을
발 행 인	유재옥
이　　　　사	조병권
출 판 본 부 장	박광운
담 당 편 집	정영길
편 집 1 팀	박광운
편 집 2 팀	정영길 조찬희 박치우 정지원
편 집 3 팀	오준영 이소의 권진영
디자인랩팀	김보라 차유진
디지털사업팀	박상섭 김지연 윤희진
라이츠사업팀	김정미 맹미영 이윤서
영업마케팅팀	최원석 박수진 이다은
물 류 팀	허석용 백철기
경영지원팀	최정연
인쇄제작처	㈜코리아피엔피
발 행 처	㈜소미미디어
등　　　　록	제2015-000008호
주　　　　소	서울시 마포구 토정로222, 403호 (신수동, 한국출판콘텐츠센터)
판매 및 마케팅	(070) 8822-2301

ISBN 979-11-384-2992-4 04830
ISBN 979-11-6507-670-2 (세트)